Nei miei anni

Questa opera è biografica, racconta parzialmente la mia vita e quella di mio padre, un uomo che mi è stato accanto per i brevi ventuno anni della mia vita.

A mio papà

Parte 1

Dai primi momenti della mia vita, mi sono sempre sentito al centro di uno spettacolo.

Non ero il protagonista, per quanto mi trovassi lì, ero più un personaggio secondario che vedeva con i propri occhi gli altri muoversi.

Sono nato il 15 Ottobre del 1999. All'Ospedale di Sanremo. Credo che fosse mattino, e questo spiega il perché non sono mattiniero, essendo che mi hanno svegliato molto presto per nascere.

Sono il secondo della famiglia. Mio fratello nacque cinque anni prima di me, nel 1994.

E mentre lui era con mio padre ad attendere, un pianto terribile riempì i corridoi vuoti e silenziosi.

Mio fratello guardò mio padre e gli disse: <<spero che mio fratello non sia così.>>

E mio padre di tutta risposta, disse: <<è tuo fratello, quello.>>

Il nome che mi venne scelto, Federico, lo scelse mio fratello. Mia madre aveva scelto il suo e ora toccava lui scegliere il mio. Mio padre, poverino, non ebbe voce in capitolo. Ammetto che, purtroppo, venne scartato perché le sue proposte erano terribili: voleva chiamarmi Ciro. Il nome è soggettivo, per quanto non sia brutto, a me non piaceva e credo anche a mia madre.

Mio fratello aveva un carattere più tranquillo rispetto al mio, che subito nei primi anni di crescita dimostrai selvaggio. Combinavo un sacco di guai e danni.

<<Fede non salire sul muro!>> diceva mamma.

Io salivo sul muro.

Una volta caddi dal muro e mi bucai la lingua nel mezzo. Ho passato giorni a mangiare gelati e roba fredda.

Per non parlare della volta in cui avevo voglia di torta verde e mia madre non poté prendermela, allora scappai e mi nascosi dietro a una fontana e impazzirono per trovarmi.

A scuola andava peggio.

Non avevo un buon feeling con le maestre: dormivo, rispondevo male, non seguivo la lezione e una volta presi a sassate i miei compagni. Su questo ultimo punto però mi vorrei giustificare: mi mettevano sempre in disparte.

Vedete non ho avuto l'infanzia del ragazzo o bambino popolare, con il telefono o che usciva con gli amici o le ragazze. Ho passato elementari, medie e superiori dietro alle quinte. Pertanto lo spettacolo a cui assistevo non ero io il protagonista, o se lo ero venivo messo dietro ad assistere a tutte le situazioni e scenette.

E in questa prima parte della mia vita, mio padre c'era e non c'era.

Giancarlo, così si chiamava, era un muratore, nato anche lui a Sanremo negli anni sessanta.

Aveva fatto il militare, in quei anni in cui era obbligatorio farlo, e si era preso un sacco di freddo dove era di pattuglia.

Era originario dell'Abbruzzo, mio nonno era nato laggiù mentre mia nonna è di Napoli. Sarà l'origine del Sud, che spinse mio padre laggiù dai parenti, che avevano il desiderio di fargli conoscere una ragazza.

Quella donna fu mia madre.

Mia mamma era l'ultima di una famiglia di dieci fratelli e sorelle. Perse mia nonna in giovane età e non molto tempo dopo mio nonno.

I fratelli e le sorelle si presero cura di lei e gli fecero poi conoscere molto più avanti mio padre. Non fu amore a prima vista, per mio padre sì, invece.

Nonostante tutto si sposarono e impararono a conoscersi dopo il matrimonio, e l'amore cominciò allora, scoprendo di andare d'accordo.

La madre di mio padre gli comprò la casa a Ospedaletti, un comune adiacente a quello di Sanremo. Quindi mia madre dovette abbandonare la sua terra di origine e trasferirsi al nord.

E iniziarono la loro vita.

Mio padre era un uomo sensibile, chiacchierone, un po' bugiardo, alcune volte infantile, goloso e tante volte nascondeva questa matriosca di sentimenti sotto un aspetto severo e duro. Era affettuoso, ma non lo dimostrava sempre.

Per questo nei miei primi anni c'era e non c'era, davo molta importanza a mia madre e lui era in secondo piano. Anche perché non andavamo d'accordo, il mio carattere era simile al suo e quindi capitava spesso che litigavamo. Poche le volte in cui mi ha dato una sberla, ma tante i momenti in cui alzava la voce. Era imponente, come un normale genitore appaia davanti agli occhi di un bambino. Era il capofamiglia.

Erano sì, tempi vecchi.

L'uomo era il capo, però è sempre stato una persona rispettosa verso mia mamma e verso me e mio fratello. Faceva il possibile per noi e per darci una vita meravigliosa.

E nonostante i momenti burrascosi in quei primi anni di vita, ricordo bene i momenti belli con lui.

Al mare, lo stabilimento comunale in cui andavamo, la spiaggia era uno specchio d'acqua circondato da scogli duri.

Lui mi prendeva sulla schiena, essendo che non sapevo nuotare, e mi portava vicino a quei scogli. Ogni volta.

Oppure le volte in cui andavamo a fare pic-nic in un parco lì vicino, sotto grossi alberi e verdi prati.

Ho sbagliato moltissimo perché ero troppo piccolo e non ho saputo valorizzare quei momenti. Quando si è bambini non pensiamo mai al futuro, non crediamo nel concetto di morte bensì in quello della vita eterna. Crediamo che i nostri genitori, amici, fratelli e sorelle possano vivere per sempre e abbiamo la concessione di fare tutto ciò che vogliamo, litigare o meno.

E mi piacerebbe tanto tornare a quei momenti.

Sai papà, salire sulla tua schiena, andare a cavalluccio, vedere i cavalli e i pony, cercare le castagne o i funghi nei boschi.

Momenti che mi piacerebbe rivivere.

Parte 2

Cominciai ad andare meglio alle medie, sarà stata la crescita o il cambio da maestre a professoresse... so che miglioravo nelle materie sebbene peggioravo con i compagni.

I pochi amici che avevo non erano proprio amici. E pertanto non avevo una buona vita sociale.

Fu allora che mi gettai nella scrittura.

Ero un amante dei libri e del leggere, e il pensiero di scrivere una storia e dare vita a un mondo di personaggi mi emozionava. Quindi mi gettai in questa passione.

Avevo una maestra che si occupava di leggere questi miei racconti e di correggerli.

I miei genitori, invece, non davano una grande importanza al momento. Il mio sogno era di diventare uno scrittore. E loro non mi credevano.

L'altro mio hobby era la cucina. La creazione di piatti buoni. Anche se poi finì per studiare per qualcosa di diverso dall'ambito culinario.

Per i miei genitori era meglio fare altro. E quindi, finita la terza media, cominciai un istituto tecnico: elettricista.

Papà voleva tanto che lo diventassi. Immaginava un futuro meraviglioso per me con un lavoro del genere. E penso di averlo deluso quando decisi di continuare gli studi ma non di intraprendere quel mestiere.

In quei cinque anni di studio, ho fatto amicizie che sono andate perdute in poco tempo, la mia abilità di relazionarmi faceva schifo e non sapevo tenermi nessun amico.

Al terzo anno compresi che non volevo quel lavoro per me. E insieme a una mia professoressa cominciammo a scrivere le prime storie e i primi tentativi di pubblicazioni.

Fallì in ognuno.

Nessuna casa editrice era interessata. Ma non mollai. Volevo a tutti i costi essere uno scrittore.

Papà diceva sempre: <<abbiamo Archimede in casa!>> e rideva di gusto.

A lui piaceva prendermi in giro, anzi scherzare con tutti. Era un grande burlone, un uomo sorridente e simpatico. Faceva gli scherzi alla mamma e altre volte la faceva infuriare. Gioiva nello sfottere mio fratello.

Ed era anche un osso duro.

Mio nonno, suo padre, venne a mancare nel primo anno di superiori. Tumore. Lo vidi spegnersi ogni giorno sempre di più e sapevamo che il suo destino era segnato.

Papà non piangeva mai davanti a noi. Quando nominava nonno

Domenico, gli occhi brillavano però poi si tratteneva. E piangeva di nascosto o alla notte quando tutti dormivano...

Quando finì gli studi non continuai per l'università, ero stanco di studiare. E iniziai a riposarmi e cercarmi un lavoro.

Papà continuava a sperare che io cambiassi idea. Nulla da fare.

Iniziai gli studi della patente.

Ero un pericolo.

Papà si spaventava sempre quando doveva fare le guide con me. Lui aveva l'abitudine, sia di passeggero che guidatore, di tenere un braccio fuori dal finestrino, solitamente aveva sempre una sigaretta tra quelle dita.

<<Meglio se metto dentro la mano>> diceva sempre, quando guidavo io perché tendevo ad andare troppo a destra.

<<Vai più a sinistra!>> e mi spostava il volante.

Quando mi fermavo e lui usciva aveva un'aria spaventata! E si allontanava di fretta con il suo passo zoppicante.

Papà aveva avuto un incidente quando era giovane, insieme a un amico, con il motorino. Un mezzo l’aveva travolto, non rispettando lo stop.

Mio padre subì un intervento perché l’osso gli uscì fuori e ricordo bene la cicatrice immensa sulla coscia. Il suo amico rimase in coma per qualche giorno.

Fino ai suoi ultimi giorni zoppicava.

Io e la mamma lo prendevamo in giro perché insieme alla camminata stramba, i suoi capelli erano sempre così spettinati. Era calvo tranne sui lati e dietro. Il colore era grigio e nero. Portava spesso la barba e si radeva raramente.

I suoi occhi nocciola facevano spesso espressioni buffe e non era un grande religioso. Credeva in Dio ma non lo dimostrava andando in chiesa.

Era un uomo dalle strane convinzioni.

Io un anno, circa, dopo la fine della scuola conobbi Valeria e iniziò a fare parte della mia vita.

Papà l'adorava e, come in abitudine, la prendeva in giro. Stessa cosa faceva con la ragazza di mio fratello.

La nostra famiglia si era allargata.

E papà era felice.

Molto meno, quando Sheera morì.

Era il nostro cane, aveva 15 anni ed era con noi da quando avevo fatto cinque anni, o quasi. Papà pianse molto per lei, sempre di nascosto.

Mamma cadde un po' in depressione, erano molto legate e io avevo pianto moltissimo la sera prima che successe, quando avevo visto che era ormai vicina alla morte.

Valeria mi fu accanto e, per quanto non la conosceva da molto, pianse un sacco di lacrime.

Papà amava gli animali, era un appassionato di canarini e uccelli fino da quando ero bambino. E ogni volta che qualcuno o qualcuna veniva a casa mostrava i cuccioli dei suoi passerotti.

Amava anche il giardinaggio. Aveva il suo angolo con piantine di qualsiasi tipo.

Sapete, dopo diversi mesi dalla morte di Sheera, decidemmo di prendere un'altra cucciola: Penny. Mamma cominciò a stare meglio con il suo arrivo e papà leggermente meno: andava a scavare sempre nelle sue piante.

Pertanto dovette cominciare a fare un recinto con il cancello per tenerla lontana.

Era testardo, come un mulo. Quando voleva fare una cosa, lui la faceva. Non si fermava davanti a niente.

Caro papà, anche io sono come te.... alcune direbbero "purtroppo".

Avevo ormai l'idea di una grande famiglia. L'idea e il pensiero che qualcuno sarebbe mancato non esistevano.

Sebbcnc cri un accanito fumatore e un grande bevitore, nei tuoi limiti senza esagerare, non potevo concepire che saresti andato via.

Accade nel 2020.

Era febbraio.

Da qualche giorno non stavi bene, sentivi dolori di stomaco e quel giorno erano aumentati. Iniziasti a sudare e stavi per prendere la macchina con la mamma però rinunciasti. Non avevi le forze. Allora venne chiamata l'ambulanza.

Io ero a casa, con Penny.

Dopo qualche ora la mamma mi chiama e mi dice che devi essere operato subito, il tuo stomaco non ha retto e si è spaccato, scoppiato.

Mi cadde il mondo, eri così vicino alla morte.

Dopo diverse ore, la mamma mi dice che l'operazione è andata bene e ti hanno dovuto far deviare lo stomaco sulla pancia, dove avevi un foro con un sacchetto, per i tuoi bisogni.

Tu caddi in depressione.

L'idea di quel sacchetto, che andava cambiato diverse volte al giorno, non ti piaceva e non lo accettavi.

Ci vollero mesi per farti riprendere dallo shock, per iniziare a stare meglio, nonostante qualche volta era ritornato il rischio di perderti... tutti eravamo in allerta, occupati con te e con la tua nuova vita, possiamo dire. Ansiosi, impauriti e non è stato facile.

Dopo diversi mesi, quasi abituati tranne te a quella sacca, iniziarono le operazioni per provare a rimuoverlo.

Non so di chi fu colpa, se dei medici, del tuo corpo o di chi altri, so che tutte quelle operazioni non funzionavano.

Il tuo stomaco, là dove veniva cucito negli strappi, non reggeva e tornava a rompersi di continuo. Tu insistevi e i medici anche, nonostante non si potesse fare nulla, con l'unica soluzione di quella sacca a vita.

Ripeto, forse neanche rinunciando i fatti sarebbero andati diversamente. Non posso sapere come sarebbe andata finire se ci fossimo mossi in modo diverso.

L'esito, purtroppo, rimane quello.

Nel 2021, dopo un altro tentativo, vieni fatto entrare in coma, per reggere meglio l'intervento. Ti risvegli e continua a ripetersi lo stesso ciclo, il tuo stomaco non regge. Vieni ancora fatto operare ed entri nel secondo coma.... dal quale non ti svegli più.

Abbiamo passato giorni in cui cadevamo a pezzi al sapere della sconfitta, del fallimento degli interventi e momenti in cui tiravamo un sospiro di sollievo quando sapevamo che erano andati bene. Attimi di respiro alternati con quelli senza fiato.

Ricordo quel giorno.

Valeria era a casa da noi da molti giorni, stava accanto a tutti occupandosi di noi. A volte era presente anche la fidanzata di mio fratello.

Veniamo informati al mattino che papà sta bene. Eri nel tuo secondo coma da giorni, però c'era la speranza di un risveglio. Non volevamo rinunciare, a nessuno costo. Volevamo aspettare.

Nel pomeriggio, io e Valeria scendiamo in paese per una passeggiata e per un gelato.

A metà di quella giornata, mamma mi chiama e mi dice:

<<Fede corri a casa, papà è peggiorato.>>

Salgo di fretta a casa e siamo tutti lì. Tutta la nostra famiglia in attesa.

Quando chiama l'ospedale, mamma risponde e la vedo trattenere il fiato e subito dopo scoppiare in un pianto disperato.

Il mondo crolla, tutto di colpo.

Passa il telefono a me e mi trattengo. <<Mi dispiace comunicarvi che vostro padre è deceduto. Mi dispiace.>>

Io rispondo con un “ok” e metto giù. Non reggo e scoppio a piangere. Valeria mi abbraccia e insieme piangiamo. Abbracciamo insieme mia madre, mio fratello e la sua ragazza.

I vicini accorrono, sentendoci e quando li informiamo neanche loro si trattengono.

Perché papà era pieno di amici, si faceva voler bene da tutti e ognuno lo conosceva.

Nei giorni seguenti a quel momento in cui la mia vita e quella della mia famiglia sono state travolte dall'uragano, succedono molte cose: la camera mortuaria, informare parenti, le chiamate e i messaggi che arrivano da ogni dove e infine il funerale.

Quando ci trovammo là, con le campane che suonavano, pronti a entrare in chiesa, le mie gambe non reggono e sussurro all'orecchio di Valeria:

<<Stai con me, tienimi, per favore.>>

Ripeto queste parole più volte. E lei risponde sempre: <<si, ovvio, non vado via.>>

Sai da bambino mi dicevano sempre: sei come tuo padre! E io mi arrabbiavo perché non volevo essere come te. Ma oggi, invece, rispondo: <<si, sono come lui!>> e ne vado fiero, papà.

Lettera al mio babbo

Caro papà,

È passato ormai un anno da quando non ci sei più. Non so dove ora tu sei e dove ti trovi. Sono sicuro, però, che sei con il nonno e con Sheera.

Tutti là. Te che litighi con il nonno, e lui che fa i dispetti a Sheera. Penso che neanche dove ti trovi riesci a toglierti il vizio di una sigaretta e scommetto che tossisci ancora tanto, come facevi le mattine in cui mi portavi a scuola con l'aria gelida, l'aria condizionata che non funzionava e la radio con tutte le canzoni di band ormai vecchie, degli anni '80. Grazie a te ascolto ancora oggi quelle canzoni e Valeria non ne può più.

Quaggiù siamo ancora tutti abbattuti. La tua scomparsa ha spezzato in parte la nostra famiglia ed è stato un fulmine che ci ha folgorato.

Io cerco di andare avanti, di trovare la forza e il coraggio. Mamma non sta ancora tanto bene e nemmeno Davide. Vanno avanti ma sono più distrutti di me. Io purtroppo soffro, ma non posso tornare indietro pertanto cerco di andare avanti con il sorriso, come tu vorresti e come facevi tu quando eri con noi.

Mi rimangono di te molti ricordi. E su tante cose sono come te: permaloso, scherzoso e testardo.

Mi manchi, specialmente le nostre litigate e i nostri momenti insieme, ne sento la nostalgia.

E ti immagino ancora, quando passo davanti al bar, di vederti seduto là. A leggere il giornale, a fumare la tua sigaretta con la tua birra.

Ciao, papà.

11/01/2022 18:34

www.ingramcontent.com/pod-product-compliance
Ingram Content Group UK Ltd.
Pitfield, Milton Keynes, MK11 3LW, UK
UKHW021644190726
13853UKWH00001B/34

9 798738 764462